言志在悦

国子/著

时事出版社

图书在版编目(CIP)数据

言志在悦 / 国子著 —北京:时事出版社,2014.12

ISBN 978-7-80232-782-5

Ⅰ.①言… Ⅱ.①国… Ⅲ.①诗集-中国-当代
Ⅳ.①I227

中国版本图书馆 CIP 数据核字(2014)第243303 号

出版发行:时事出版社
地　　址:北京市海淀区万寿寺甲 2 号
邮　　编:100081
发行热线:(010)88547590　88547591
读者服务部:(010)61157595
传　　真:(010)88547592
电子邮箱:shishichubanshe@sina.com
网　　址:www.shishishe.com
印　　刷:北京建泰印刷有限公司

开本:880×1230　1/32　印张:5　字数:64 千字
2014 年 12 月第 1 版　2014 年 12 月第 1 次印刷
定价:25.00 元
(如有印装质量问题,请与本社发行部联系调换)

序

自己写的东西，如同自己生的“孩子”。丑也罢、俊也好，庸也罢、贤也好，总得让成家，总得让就业。这是对“孩子”负责，也是对家庭负责，还是对社会负责，种种负责，在当下就叫担当。

20 世纪 70 年代初，我在出了县城北门的第一个村里教学，数九寒天，看到村里的社员在挖土丘造平地，劳动场面红旗招展、热火朝天，兴致所至，写了小诗一首，也就有了自己的第一个“孩子”，起名“小寒大干——公社社员无冬闲”。那时我 18 岁。也许是发育不成熟，间隔六七年，直到 20 世纪 80 年代才又有“孩子”先后问世。

“橘生淮南则为橘，生于淮北则为枳。”环境使然，在什么山上唱什么歌。工作所需，写点理政应时之文；兴趣所致，写点小说诗歌散文。可谓亦诗亦文、滥竽充数。先后在时事出版社、学习出版社出版了《家政四字歌》、《道德四字歌》、《立言为念》。其间不管付出多少辛劳，总算让自己的“孩子”成家立业，行走于世了。人常说“丑儿女，贵媒人”。《家政四字歌》得到了时任中央宣传部副部长刘云山同志的题词首肯，得到了《光明日报》的转载宣传，媒人之贵，名副其实。

年近花甲，话愈发多了起来，絮絮叨叨，兴趣所致，涂鸦几句，算是“老来得子”。且是愈老愈惜小，那就让这些“孩子”早些成家立业于世，搜罗起来，凑成一集。说是诗吧，才疏学浅，站在诗歌艺术“塔尖”之下，相形见绌，谈不上工，论不及韵，律也、绝也，不可及也。仔细考究一番，恐有辱“诗”文。说不是诗吧，却又偏爱近体诗的格式，总还言了一番心志，或山水、或田园、或行旅、或咏物，托物言志，假此说彼，风云气象。实话实说，诗作达不到格律谨严，一不小心就会滑向打油诗。往常，每提到打油诗，由于认识上的误区，总觉得底气不足，创作的积极性大打折扣。近读国学大师、现代著名学者胡适关于打油诗的独到见解，耳目一新，创作的信心倍增。他说“白话诗多从打油诗出来”，而“杜甫最爱作打油诗遣闷消愁……故他的重要诗（如《北征》）便常常略带嘲讽，体裁上自然走上白话诗的大路。后人崇拜老杜，不敢说这种诗是打油诗，却不知道这一点便是读杜诗的诀窍；不能赏识老杜的打油诗，便根本不能了解老杜的真好处”。话说到此，格律也好，通俗也罢，皆言志，且自娱、自悦，书名就叫《言志在悦》，惟愿悦目、悦耳。

以我少有的出版经验，出版作品并不都是夺目的事，更多地是把自己的作品奉献出来，接受社会的检验，听凭读者的评判。诚如金代元好问所论“老来留得诗千首，却被后人校短长”？我虽无千首大作，百首之数算是凑足了。俗话说得好，“丑媳妇总得见公婆”，自己的“孩子”既然“出嫁”，那就只得见“公婆”了，见吧！

是为序。

自序。

目录

节气放歌

率性然也

欧美遣兴

乡村漫兴

随兴拾零

节气放歌

编 记

二十四节气起源于黄河流域，是我国劳动人民长期对天文、气象、物候进行观测、探索、总结而得出的伟大科技成果。它能反映季节的变化，指导农村、农民、农业的农事活动，同时影响着千家万户的衣食住行等日常生活。“四时之化，万物之变，莫不为利，莫不为害。”人们只能顺其自然，即“顺四时而适寒暑，和喜怒而安居处，节阴阳而调刚柔”。

二十四节气也是我国劳动人民独创的文化遗产。在承继、分享这份伟大文化遗产之时，我常常随二十四节气有感而发，放歌尽兴。现在整理成篇，篇名就叫节气放歌。

是为编记。

立春[1]

立春位居四季首，
丰年赶在六九头[2]。
春风送暖草木知，
一年之计早运筹。

①立春是二十四节气中的第一个节气，还是一个重要的节日。在天文意义上，它标志着春季的开始，冬天的结束。

②“春打五九尾，春打六九头”是一句民间谚语，意思是说立春在六九的第一天，预示着物阜年丰，“春打六九头，吃穿都不愁”；相反，立春在五九的最后一天，年景就不怎么样了，“春打五九尾，家家迈不开腿”。

雨水①

知春雨水正当处，
河开雁来②寒渐无。
天高有情遂人愿，
地厚无私蕴万物。

①雨水是二十四节气中的第二个节气，在每年农历正月十五前后（公历2月18–20日）。此时，气温回升，冰雪融化，降水增多，故取名为雨水。

②“河开雁来”出自我国北方，特别是黄河中下游地区民间广为流传的《数九歌》中的“七九河开，八九雁来”。

惊蛰①

大地回暖蛰虫醒，
始闻惊雷兆年丰。
农事在即农家忙，
耙地锄麦莫消停。

①惊蛰古称“启蛰”，是二十四节气中的第三个节气，在每年农历二月初一前后（公历3月5–6日）。这时天气转暖，渐有春雷，蛰居动物惊醒，中国大部分地区进入春耕季节。

春分①

风和日丽届春分，

莺飞草长岸柳青。

小麦拔节菜花香②，

桃红李白俏争春。

①春分是春季九十天的中分点，二十四节气之一，在每年农历二月十五日前后（公历3月20–21日），太阳位于黄经0°。这一天太阳直射地球赤道，南北半球季节相反，北半球是春分，南半球就是秋分。

②菜花香是指一年生草本植物油菜的花香。

清明[1]

清明时节总上坟，常见少雨多是风。
有雨无风墒情好，适时下种保苗丰。
诗云断魂问牧童[2]，借酒浇愁杏花村。
九泉老杜笑小杜[3]，多情还须常忧农。

①清明是二十四节气中的第五个节气，位于春分之后、谷雨之前，是中国民间重要的传统节日。

②此句出自唐朝诗人杜牧的《清明》：“清明时节雨纷纷，路上行人欲断魂。借问酒家何处有？牧童遥指杏花村。”

③老杜指盛唐末年诗人杜甫，小杜指晚唐诗人杜牧。

谷雨①

节到谷雨已暮春，

抢墒入种百谷生。

人劳牛役日见稀，

机耕机播气象新。

①谷雨是春季的最后一个节气，意味着寒潮天气基本结束，气温回升加快，大大有利于谷类农作物的生长。

立夏[1]

时过立夏夏意浓，
山披绿装地铺茵。
蛙鸣阵阵二三里，
布谷声声声连声。

①立夏是二十四节气中的第七个节气，是说春天播种的植物已经直立长大了，预示着季节的转换，为一年四季之夏季开始的日子。

小满①

麦浪滚滚穗灌浆，
节过小满日夜黄。
夏收秋管正其时，
男妇老少赶农忙。

①小满是二十四节气之一，夏季的第二个节气。其含义是夏熟作物的籽粒开始灌浆饱满，但还未成熟，只是小满，还未大满。

芒种①

芒种忙农莫放松，

夏收一刻值千金。

秋田正需勤劳作，

夏丰秋丰年更丰。

①芒种是二十四节气中的第九个节气，芒种的“芒”字是指麦类等有芒植物的收获，“种”字是指谷黍类作物播种的节令。其表明一切作物都在“忙种”了。

夏至[①]

夏至盛夏热生风，
位卑犹念锄禾人。
烈日炎炎正当午，
桑田劳作最艰辛。

①夏至是二十四节气之一，在公历6月21日或22日。夏至这天，太阳直射地面的位置到达一年的最北端，几乎直射北回归线，此时北半球的日照时间最长。

小暑①

暑热总连三伏天，
不避伏热莫偷闲。
农谚头伏一碗油②，
荷锄挥汗田垄间。

①小暑是二十四节气中的第十一个节气，在公历7月7日或8日，太阳到达黄经105°时为小暑。暑表示炎热的意思，小暑为小热，还不十分热，意指天气开始炎热，但还没到最热。

②头伏一碗油出自农谚：“头伏锄地一碗油，二伏锄地半碗油，三伏锄地空手手。”

大暑①

骄阳似火地增温，
雷雨交加天有情。
光足雨足农家乐，
大暑再酷亦甘心。

①大暑是二十四节气中的第十二个节气，此时天气甚烈于小暑，故名曰大暑。大暑节气正值“三伏天”里的“中伏”前后，是一年中最热的时期，气温最高，农作物生长最快。

立秋①

暑气渐散交了秋，
喜忧参半悬心头。
要雨得雨遂人愿，
秋旱秋涝农家忧。

①立秋是二十四节气中的第十三个节气，是秋季的第一个节气。“秋”就是指暑去凉来，意味着秋天的开始。

处暑①

夏秋酷暑似相连②，
处暑绕在秋后边。
山高暑气去无留，
觅声寻蛐③愿草浅。

①处暑是二十四节气中的第十四个节气，在公历 8 月 23 日前后。“处”含有躲藏、终止的意思，“处暑”表示炎热的暑天结束了。

②暑是炎热的意思，小暑小热，大暑大热，处暑表示炎热即去。从字面上看，三暑似相连，其实处暑在立秋之后。

③蛐又叫蟋蟀，一名促织，中国北方俗名蛐蛐、夜鸣虫、将军虫、秋虫、斗鸡、促织、趋织、地喇叭。

白露①

斯时白露秋色美，
丰收喜悦农家醉。
收禾摘果乐颠颠，
早踏露水戴月归。

①白露是二十四节气中的第十五个节气。此时天气渐渐转凉，会在清晨时分发现地面和叶子上有许多露珠，这是因夜晚水汽凝结在上面，故名白露。

秋分①

秋色共享各半分，
日光月色两相匀。
菊黄蟹肥金秋爽，
稻熟果香争年丰。

①秋分，二十四节气中的第十六个节气，这一天二十四个小时昼夜均分，各十二个小时，全球无极昼极夜现象。秋分日居秋季九十天之中，平分了秋季。

寒露①

万山遍染秋意浓，
云淡天高桂飘馨。
寒气凝露忙中乐，
笑看红叶戏秋风。

①寒露是二十四节气中的第十七个节气，意思是气温比白露时更低，地面的露水更冷，快要凝结成霜了。寒露时节，南岭及以北的广大地区均已进入秋季，东北和西北地区已进入或即将进入冬季。

在北方，农谚曰：“清明前后，栽瓜种豆”。2001 年深秋到了西南，时令已过霜降①，田间尽见耕耘播种之象。于我，如刘姥姥初进大观园，甚是新奇，触景生情，有感而发。

霜降

十月下旬西南行，
田间尽见耕耘人。
时令已过霜降日，
边陲胜似过清明。

①霜降是二十四节气之一，此时天气渐冷，开始有霜，是秋季的最后一个节气，也意味着冬天的开始。

立冬[①]

秋去冬来地始冻，
霜落浅水初结冰。
林疏草枯西风扫，
一花[②]不败莫负春。

①立冬是二十四节气之一，立，建始也，表示冬季自此开始。冬是终了的意思，有农作物收割后要收藏起来的含义，中国又把立冬作为冬季的开始。

②一花指菊花。

小雪①

小雪霏霏兆年丰，
漫天飘飘玉玲珑。
千树万梢枝头挂，
恰似梨花美煞人。

①公历 11 月 22 或 23 日为小雪节气。中国广大地区东北风开始成为常客，气温下降，逐渐降到 0℃以下，但大地尚未过于寒冷，虽开始降雪，但雪量不大，故称小雪。

大雪①

千里冰封千里情，

万里雪飘万里景。

千千万万咏雪词，

大气磅礴毛泽东②。

①大雪是二十四节气中的第二十一个节气，通常在公历的 12 月 7 日或 8 日。大雪，顾名思义，雪量大。古人云：“大者，盛也，至此而雪盛也。”到了这个时段，雪往往下得大，范围也广。

②此处指毛泽东同志的词作《沁园春·雪》。

冬至①

冬至至冬似小春，
日行风追阳气升。
正是连冬数九日，
翘首以待一元新②。

①冬至是中国农历中一个重要的节气，也是中华民族的一个传统节日，俗称“冬节”、“长至节”、“亚岁”等。这一天是北半球全年中白天最短、夜晚最长的一天。

②一元新指冬至十天后，即元旦，一元更新。

数九寒天，滴水成冰。时令已过“小寒”①，按农村传统习惯，此时正是农民避冬农闲之时。远望邢家塔村农田建设场面，可谓红旗招展、热火朝天，社员们挖土垫地农闲不闲。感于他们不畏严寒、战天斗地的精神，信手拈来“小寒大干——公社社员无冬闲”。时值1973年冬。

小寒

滴水成冰数九天，

小寒大干无农闲。

社员刨铲挑土忙，

学习大寨造农田。

①小寒是二十四节气中的第二十三个节气，标志着开始进入一年中最寒冷的日子。

大寒[1]

大寒更喜梅和松，
风雪交加显精神。
雪压青松挺且直，[2]
傲寒红梅敢争春。

①大寒是二十四节气中最后一个节气，每年公历1月20日前后。大寒，是天气寒冷到极点的意思。

②此句出自陈毅的《青松》：“大雪压青松，青松挺且直。要知松高洁，待到雪化时。”

率性然也

编 记

2013年至今，很长一段时间里，由着性子，有感而发，将所思所悟，用“然”作副词或形容词后缀，写了“淡然、悠然、坦然、释然……”，想表达什么意思呢？自己也不知所以然，有些昏昏然了。弃之可惜，留之又恐无味，还是先前那句话，“自家的孩子自家亲”。物以类聚，那就把这带“然”的东西归置在一起，冠名“率性然也”。

牵强附会，算是编记，唯愿自圆其说。

然也一首：

自然

日出日落日日升，

月圆月缺月月情。

日月同辉山河秀，

道法自然天地荣。

然也二首：

淡然

莫言人走茶渐凉，
喝点凉茶也无妨。
儿时常掬小河水，
练就冷饮好胃肠。

然也三首：

坦然

天下熙熙为名忙，
攘攘天下逐利往。
名利如云放眼过，
云聚云散何处藏？

然也四首：

2014年7月30日下午，友人来访，问及老夫年龄几许，寓意不言自明，即兴赋诗一首。其实写诗并不神秘，按启功先生的观点，古代诗作：有的是“长”出来的，有的是“嚷”出来的，有的是“仿”出来的。今日之作，正是“仿”出来的，仿自唐代诗人崔护的作品《题都城南庄》，只不过崔诗朗朗上口，熟记于心而已。也正应了那句话，熟读唐诗三百首，不会作诗也会吟。

泰然

明年今日此屋中，
走马换将易主人。
新人自有新面目，
老夫南山笑东风。

然也五首：

安然

耕读齐家不放松，

修身原在诗书中。

达则兼济穷自爱，

秉性不移美善真。

然也六首：

适然

事有轻重与缓急，
情分亲友爱①之别。
事里见情需谨慎，
情中遇事要果决。

①“亲友爱”指亲情、友情、爱情。

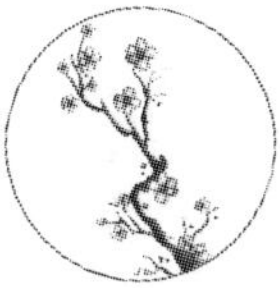

然也七首：

乐然

春赏山花秋望月，
夏乘凉风冬踏雪。
随季而安知足乐，
四时都是好时节。

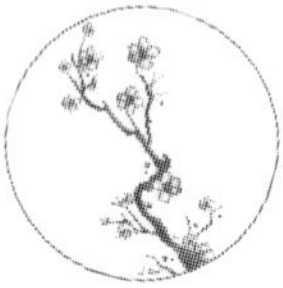

然也八首：

怡然

赤蓝黄绿青紫橙，
人生如斯别有情。
万紫千红春满目，
山清水秀夏意浓。
层林尽染秋色重，
雪拥寒冬兆年丰。
随景所悦皆自得，
四时佳兴乐其中。

然也九首：

陶然

柴米油盐酱醋茶，
调剂有余小康家。
丰衣足食何所期?
琴棋书画诗酒花。

然也十首：

悠然

春秋闲居隐京城，
盛夏避暑回山村。
京韵乡风悠然乐，
健康快乐利儿孙。

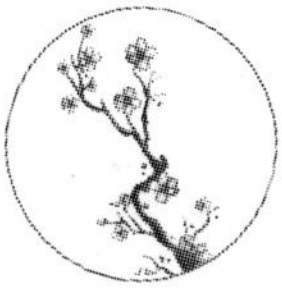

然也十一首：

欣然

板凳坐得十年冷，

门庭难闻车马声。

心闲不染是非事，

始觉无情胜有情。

然也十二首：

依然

车若到站就下人，
尚能饭否[1]莫恋征。
长江后浪推前浪，
出新自有后来人。

①此处出自《史记·廉颇蔺相如列传》：“廉颇老矣，尚能饭否？”

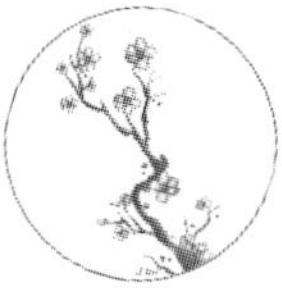

然也十三首：

儿时常听老人传诵，“酒色财气四堵墙，人人都在里边藏；谁能跳出墙头外，不活百岁也寿长。”（其实是北京大相国寺了元即佛印和尚所作。）长大后，亦常闻有人被酒色财气所累，招来杀身之祸。有鉴于史，信手拈来几句，以醒，以警。

超然

莫因好酒常贪饮，

不为美色引祸身。

伸手贪财必被捉，

肚里撑船气如虹。

然也十四首：

必然

之乎者也焉矣哉，
运用娴熟好秀才。
诗词歌赋常在手，
灵感如泉涓涓来。

然也十五首：

释然

今似大事多费心，
明成小事少劳神。
待到日后听故事，
时过境迁了无踪。

然也十六首：

枉然

史说贪官数和珅，
今贪不比往贪逊。
欲壑难填不收敛，
贪财掠物玩女人。
中央重拳打虎蝇，
赃款万万尽充公。
绳之以法罪难赦，
身败名裂枉费心。

然也十七首：

甲午年新春正月初八，首次购得北京至吕梁的机票，过了安检即将登机前，忽因降雪取消航程。内心虽有不悦，但想到这是去冬今春头场雪，心情豁然开朗，即兴赋诗言情。

豁然

首购回乡航空票，
只缘气候被取消。
去冬无雪今始降，
为伊改签心不恼。

然也十八首：

断然

工作犹似一杯茶，
端得起来放得下。
万物静观皆在淡，
闲庭信步看云霞。

然也十九首：

当然

船到码头岸为邻，

无限风光留后生。

事业会有才俊出，

更领风骚在奇峰。

然也二十首：

飘然

讲话总爱露水平，

同仁面前显己能。

木秀于林风必摧，

浪得虚名误前程。

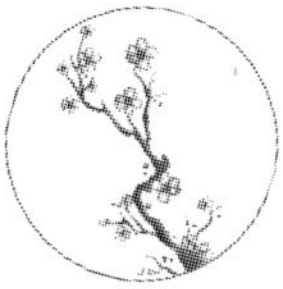

然也二十一首：

偶然

美德教育出微绩，①
公选②考中副厅级。
山河依旧貌未改，
东风拂面似曾识。

①此句指从事家庭美德教育，1995年编写出版了《家政四字歌》。

②公选指参加广西公选。

然也二十二首：

岿然

春夏秋冬四季风，

严寒酷暑大不同。

春风徐徐万物苏，

习习夏风解热闷。

横扫落叶见秋风，

北风呼啸到严冬。

人到风口要淡定，

万莫摇摆乱跟风。

然也二十三首：

鲜然

天南海北①何曾看，

一职不变四连冠②。

唯晋③用人超常规，

吏治史册成典范。

①天南海北指天津、南京、上海、北京，也泛指全国。

②四连冠指四届。

③晋指山西。

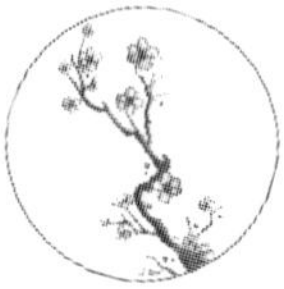

然也二十四首：

恍然

当年奔波离家门，
慈母叮咛复叮咛。
如今子女常在外，
大悟母爱牵挂心。

欧美遣兴

编 记

蒙省政协组织，有幸于 2003 年夏赴欧，2004 年冬访美。兴之所至，涂鸦几句。律也、绝也，不可及也；谈不上工，论不及韵，异国他乡，只为遣兴。

外附旅加、赴台诗作各二首。

是为记，编记。

过把老外瘾

记得当年到北京，
争着抢看外国人。
如今我也国外游，
过了一把老外瘾。

愧

刀片刮胡未免土，
剃须不晓飞利浦[①]。
考察芬兰方得知，
赫尔辛基出此物。

①此处指飞利浦剃须刀。

游荷兰运河有感

欧洲教堂亚洲庙，
信教拜佛不堪效。
没有五谷供尔用，
哪来虔诚老与少？

说奔驰

德国斯图加特城，
奔驰轿车享盛名。
何日莫分贫与富，
出入寻常百姓中。

理喻

慕尼黑城白天鹅，

红嘴白毛映绿波。

爱美之心世所有，

劝君莫嘲癞蛤蟆。

话卢森堡

袖珍公国卢森堡，
倡议欧共①它最早。
全欧经济一体化，
莫论疆域大与小。

①欧共即欧共体，是西欧国家推行欧洲经济、政治一体化，并具有一定超国家机制和职能的国际组织，系欧洲煤钢共同体、欧洲原子能共同体和欧洲经济共同体的总称，又称欧洲共同市场，简称欧共体。

戏说比萨斜塔①

建筑工程豆腐渣，
比萨斜塔当数它。
开发旅游当景点，
歪打斜着不问责。

①比萨斜塔是意大利比萨城大教堂的独立式钟楼，位于意大利托斯卡纳省比萨城北面的奇迹广场上。比萨大教堂钟楼的建造开始于 1173 年 8 月，设计为垂直建造，但是在工程开始后不久（1178 年），便由于地基不均匀和土层松软而倾斜，1372 年完工时，塔身倾斜向东南，工程历经约二百年才完工。

游威尼斯

举世闻名水上城，
万里迢迢来访寻。
水上游船绕一圈，
风光迷人乐此行。

忧威尼斯

威尼斯市水上城，
地面已显沉没情。
每日下降四毫米，
三百年后海中寻。

观佛罗伦萨

文艺复兴发源地，
旅游皮革主产业。
佛罗伦萨求发展，
人杰地灵兴经济。

阿尔卑斯山记

（一）

仙苑仙景仙国行，
难言难语难形容。
非梦非幻非痴迷，
似摹似画似仙境。

（二）

从德赴奥越阿境，
沿途美景数不胜。
憾愧才疏学识浅，
唯有李杜[1]堪此行。

①李杜即唐代诗人李白、杜甫。

（三）

穿越阿尔卑斯山，

人间仙境非梦幻。

耳听为虚眼见实，

胜过陶令②桃花源。

②陶令即东晋陶渊明。

惊人香水价

论高消费到巴黎，
迪奥[1]香水价离奇。
泪水一滴半年粮，
可怕资本成主义！

①迪奥（Dior）由法国时装设计师克里斯汀·迪奥（Christian Dior）于1946年创于巴黎，是世界著名的时尚消费品牌，主要经营女装、男装、首饰、香水、化妆品等高档消费品。其亦为全球的高级时尚品牌控股公司——酩悦·轩尼诗—路易·威登（LVMH）集团的子公司。

憾

塞纳河上睡了觉，

梦回故乡面带笑。

沿线风景君①没看，

二十五欧②一水飘。

①君指随行某公。

②二十五欧指塞纳河观光付费额。

忆伟人

香榭里舍大街中，
凯旋门瞻拿破仑。
触景生情引自傲，
中国出了毛泽东。

埃菲尔铁塔

莫道当年说是非，
铁塔当数埃菲尔。
来来往往五洲客，
万国博览都称最。

赞奥地利

政通有人气，

奥运借地利。

茵斯布鲁克[1]，

办奥两机遇。

①茵斯布鲁克于 1964 年、1976 年两次举办冬季奥运会。

有感梵蒂冈①

小国梵蒂冈，
辉煌大教堂。
举世两奇特，
大小都最棒。

①梵蒂冈城国简称梵蒂冈或梵蒂冈城，是位于意大利首都罗马西北角高地的一个内陆城邦国家（国中国），为天主教会最高权力机构圣座的所在地，也是教宗驻地所在。作为世界六分之一人口的信仰中心，梵蒂冈也是全球领土面积最小、人口最少的国家。

赴芬兰

中国芬兰一夜间，
飘洋过海也等闲。
AY[①]舱内语不断，
长话开放谱新篇。

①AY 是芬兰的最大的航空公司和官方航空芬兰航空公司(Finn Air) 的 IATA 代码。

换欧①有感

十人民币兑一欧，

哪堪欧洲强亚洲。

东风压倒西风日，

巍巍中华占鳌头？

①换欧即人民币兑换为欧元。

西餐

西餐食具叉和刀，

割肉涂酱切面包。

咖啡果珍酸牛奶，

调配合理营养好。

地球村

欧洲归来返北京，机上尽见外国人。

你来我往寻常事，地球村内互串门。

回想当年锁国情，闭关自守少通融。

改革开放入世贸[1]，互通有无保双赢。

①世贸即世界贸易组织，是当代最重要的国际经济组织之一。目前拥有159个成员国，成员国贸易总额达到全球的97%，有“经济联合国”之称。2001年12月11日，中国成功加入世界贸易组织，成为世贸组织第143个成员。

硬道理

欧洲考察半月余，难买厚礼表心意。
不是老夫薄亲朋，囊中羞涩难大气。
比国①买点巧克力，千里鹅毛莫嫌弃。
而今更信邓公②言，发展才是硬道理。

①比国即比利时，以盛产巧克力而闻名于世。

②邓公指邓小平。

好友20世纪80年代初考入清华大学，90年代末赴洛杉矶定居。据说他们班四十多位同学过半赴美，是否属实，未曾核实。若真如此，甚是痛惜。

访友感触

清华学子尽赴美，
痛惜祖国失人才。
亡羊补牢犹未晚，
孔雀莫再西洋飞。

纽约行

（一）

车多人多垃圾多，纽约繁华曾几何。

比比首都大北京，几多繁荣几多阔。

（二）

哈德孙河观女神①，帝国大厦览风景。

联合国展和平枪，华尔街上论金融。

①自由女神像全名为“自由女神铜像国家纪念碑”，正式名称是“照耀世界的自由女神”，于1886年10月28日矗立在美国纽约市海港内的自由岛的哈德孙河口附近，被誉为美国的象征。

安检之感

赴美安检多折腾，
解带①脱鞋验指纹。
一朝遇恐②被蛇咬，
十年余悸防井绳。

①带指裤带。

②恐指恐怖分子。

赴美乘机，目睹空姐变空太，多为六十多岁的老年妇女，甚是不解。据介绍，让年轻女子承担航空服务，是对人才的浪费。闻所未闻，见所未见，感慨记之。

乘机感言

美国空姐世所奇，
岁满花甲再加几。
人尽其才非空言，
眼见为实耳听虚。

好莱坞

星光大道[1]布满星，
影视城内皆美景。
以假乱真影视剧，
喜怒哀乐几多情。

①星光大道，好莱坞文化历史地标，著名的旅游胜地，位于加利福尼亚州好莱坞。沿着“好莱坞大道”十五个街区和“藤街”三个街区的人行道，镶嵌着超过二千五百枚五尖水磨石及黄铜的“星星”，“星星”代表着对娱乐产业有杰出成就的人的永恒纪念，记载着演员、音乐家、导演、制作人、音乐组合乐队、戏剧团体、虚拟人物和其他人的名字。

珍珠港[1]联想

当年被袭珍珠港，
世贸大楼又遭撞。
两次重挫留耻辱，
称霸世界枉思量。

①珍珠港地处瓦胡岛南岸的科劳山脉和怀阿奈山脉之间平原的最低处，与唯一的深水港火奴鲁鲁港相邻，是美国海军基地和造船基地，也是北太平洋岛屿中最大最好的安全停泊港口之一。偷袭珍珠港事件发生在 1941 年 12 月 7 日清晨，日本联合舰队以飞机和微型潜艇突然袭击美国海军基地珍珠港以及美国陆军和海军在夏威夷瓦胡岛上的飞机场。

观世贸大楼废墟

世贸大楼一瞬摧，

只缘布什惹是非。

古今中外同一理，

齐家治国和为贵。

访加印象

尼亚加拉大瀑布，多伦多外千岛湖。
卡尔加里雪山景，木材小镇[1]建首都。
七六奥运蒙市[2]主，魁北克省闹魁独[3]。
挥手别了温哥华，不恋异乡恋故土。

①木材小镇指加拿大首都渥太华。

②蒙市指蒙特利尔市。

③魁独指加拿大魁北克省要求实现政治上独立，经济上与加拿大其他地区保持联系，即主张“主权—联系”的运动。

自驾

加国[1]司机不简单，

下车拄杖步蹒跚；

君问年龄当几许，

八十不高再加三。

①加国指加拿大。

戏说菲律宾限速

高速路上飞车跑，
疑是司机血压高。
菲政严律治超速，
抽血五百①出奇招。

①抽血五百：指菲律宾路政逮住开超速车的惩罚措施，即献血500cc。

逢雨

阿里山顶响惊雷，

倾盆大雨骤然来。

天公作美免费浴，

身受洗礼心开怀。

出国感言

有口讲不清，

有耳听不懂。

迈出国门外，

更显己无能。

寄语同志们，

学习最当紧。

努力再努力，

终身学习型。

乡村漫兴

编 记

有一种说法，城市只是晃动在人类眼前的诱惑，乡村才是连接人类心灵的脐带。或许是生于乡村，长于乡村的缘故，我认可这种观点且独钟乡村。钟爱山清水秀的自然风光；钟爱恬淡淳朴的乡村生活；钟爱牛羊成群的田园牧歌；牵挂日出而作、日落而息的农民兄弟；牵挂年丰年歉的农家光景。唯其如此，闲暇总爱往乡村跑，又总爱回自己的家乡。走在熟悉的田间小路上，钻进散发着浓郁草木气息的山林中，在天地之间与生灵同感，在自然之中与万物共语。兴之所至，率尔成章。搜罗成篇，就叫乡村漫兴。

是为编记。

乡村端午

乡村端午民俗浓，
彩线荷包赏儿童。
家家淘米包粽吃，
雄黄美酒祭屈魂[①]。

①屈魂指屈原忠魂。

田园随兴·山居

草舍陋居饶清趣，

鸟啼花开多生机。

喜闻泉水响叮咚，

乐见群山舞翩起。

田园随兴·耕读

地无余利精耕作，

学无止境勤向上。

耕读接地传家久，

诗书倚天继世长。

田园随兴·溪池

幽谷溪池源细流，
茂林映影喜晴柔。
碧水才见智之乐，
青山更待仁者寿。

田园随兴·骄谷

春登山花烂漫峰，

夏赏郁郁葱葱景，

秋临层林尽染谷，

冬听山呼林啸风。

乡情

学而优则跳龙门，
闲暇抽身回乡村。
东山羊舍聊绒价，
西沟牛栏看膘情。
头伏荞麦抢节令，
中伏种菜莫消停。
六畜兴旺农家旺，
五谷丰登年更丰。

遐思

秋登南山顶，
遐思做田翁。
小隐于乡野，
返朴自然中。
身闲莫劳神，
胸宽万事容。
欲淡心亦静，
笑比南山松。

榆钱

墙外老榆比窑高，
金钱串串挂树梢。
搬凳扶梯采摘忙，
霎时野香满院飘。

蜜蜂

前山后梁槐花开，
蜂儿采蜜日多回。
几多辛劳几多忙，
酿得香甜农家醉。

心醉

土窑热炕陪爹娘，

絮絮叨叨话家常。

左邻小儿考大学，

右舍长孙当新郎。

娘炒青菜满屋香，

爹烫白酒品佳酿。

未曾举杯心已醉，

山乡农家好风光。

杨树

躯强干壮枝叶茂，
不觉已比小楼高。
村在树中藏浓荫，
树在村里领风骚。

秋郁

秋雨绵绵盼日出，
农家戚戚忧田禾。
东山荞麦西沟糜，
老农心急早收割。

秋悦

天高云淡秋登山，
谷黄荞[①]紫映眼帘。
上得山顶更悦目，
万山红遍层林染。

①荞指荞麦。

麦香

当年夏收尝麦新，
喷香扑鼻馋煞人。
如今买面[①]三五袋，
相思阵阵难得闻。

①面指白面。

春思

阳春三月桃花开，
娇艳宛若少女腮。
有心留得春常驻，
无情吹落红不再。

尝鲜

村南玉米初见熟，
掰来三五煮嫩吃。
孙儿一个即啃完，
爷翁咀嚼八九粒。
奶奶笑言慢一点，
这些东西咱不缺。
过去种植度饥荒，
如今尝鲜饱口福。

土豆情结之一

能炒能炸当菜吃，
可蒸可煮作主食。
星级酒店小饭馆，
东南西北有此物。

土豆情结之二

理想教育搞渗透，

学习苏联不落后。

共产主义生活好，

天天土豆烧牛肉。

土豆情结之三

说是蔬菜也是粮①，
为度春荒赖储藏。
农家饥饱费周济，
土豆派上大用场。

①农村实行“三级所有，队为基础”时，生产小队每年给社员的口粮标准定为360斤，5斤土豆抵1斤粮。

牧羊

太阳出山羊离舍，
挥鞭抡铲野山坡。
盯紧头羊和馋羊①，
天高地远放声歌。

①头羊指领头羊。馋羊指容易偷吃庄稼的羊。

农活散记·躬耕

手扶犁把鞭驱牛，

躬耕桑田汗水流。

使出农人千般苦，

换来良田万顷收。

农活散记·间苗

小锄间苗[1]蹲田垄，
腰酸腿麻倍艰辛。
一年收成丰与歉，
捉苗便有一半功。

①间苗指谷物管理的一种劳动。

农活散记·培土

骄阳似火躲树荫，
忽闻老爹呼叫声。
田禾拔节正当时，
大锄培土①莫消停。

①培土指作物田间管理的一种劳动。

农活散记·割莜麦

秋风阵阵麦铺地[1]，

农家收割确费力。

地头躺倒息息腰，

你扶我拽始坐起。

①麦铺地指莜麦遭连阴雨和风刮扑倒在地。

夕阳乐

颐养天年乐逍遥，七八老翁蹲墙聊。
寿星换上新烟袋[1]，人前显摆三五遭。
红铜烟管小儿买，玛瑙烟嘴长孙孝。
更喜三女解父意，飞针走线绣烟包[2]。

①烟袋，吸水烟或旱烟的用具，一般由烟袋锅、烟袋竿管、烟袋嘴构成。

②烟包指与烟袋配套使用的用来装烟末的烟荷包（也称烟口袋）。

喜鹊

风和日丽喳喳叫，

不觉噪声偏喜闹。

如意吉祥似先知，

飞立枝头佳音报。

随兴拾零

编 记

所谓“随兴”，就是不像专业写作的人那样去采风，有备而去，目的很明确，志在必写。咱是见到什么、听到什么也就风过雨过。偶有所感所思，随兴涂鸦几句，聊以自乐。诚如俗话所说，沟一句，梁半句，没谱！

所谓“拾零”，咱的作品就像狗熊掰棒子，掰一个，扔一个，一路走来，所剩无几。回过头来收拾，拾到筐子里的算数，也就这么一点点。其中还有四言六言，原以为难登诗雅之堂。王力的《诗词格律》讲，诗也有四言，杂言偶尔也有六字句。那就拾进来吧。

“随兴”讲了，“拾零”讲了，凑在一起，就是“随兴拾零”。见笑了！

权作编记。

咏元旦

白雪皑皑腊梅红，
岁月不觉一元新。
天地风霜寒[①]渐近，
乾坤气象又临春。

①寒指二十四节气中的小寒、大寒，时间分别在1月6日、21日前后。

喜迎春

年夜美餐频举樽，
除夕春晚[1]催笑星。
爆竹声声辞旧岁，
欢歌阵阵迎新春。

①春晚指中央电视台春节联欢晚会，始于1983年。

乐中秋

节到中秋醉天伦，
合家团圆乐融融。
子采果蔬女携酒，
举杯邀月庆年丰。

敏行

讲话无需显水平，
潜意识里莫逞能。
先哲经典当谨记，
讷于言而敏于行。

有位至友，总因说实话引来烦恼，付出代价。性格使然，总是常说不说了，常是又说了。近读季羡林名言，“假话全不说，真话不全说”。甚感精辟，前者是为人之本，道德底线；后者是处世之本，智慧结晶。听至友现身之说，品贤哲智慧之谈，一己之见，笑见笔端。

话“说”

不愿说假话，
难在说真话。
只能说笑话，
最好少说话。

惜时

工作汇报抓重点。
不可乱撒胡椒面。
务实求真条理清，
提高效率省时间。

实效

总说会多要减少，

常减常见没减了。

根治顽疾戒形式，

贵在落实抓实效。

1986年9月，考入山西省委党校，言说此番学习是二举三得：用二年时间，得一张文凭，交三晋友朋，获“四化”资本。即席吟诗一首：

三得

求学深造谋文凭，
披寒戴暑惜光阴。
结识三晋饱学士，
增添“四化”[1]新本领。

①“四化”之说，有两种理解。广义为国家建设的四个现代化（工业现代化、农业现代化、国防现代化、科学技术现代化）；狭义为干部队伍建设的四化（革命化、年轻化、知识化、专业化）。

2000年5月9–28日，在北戴河参加全国政协干部第23期培训，师资一流，环境优美，心旷神怡，赋诗一首。

业精于求北戴河

“我家住在黄土高坡”的吕梁山，
学习来到人民政协的“澎湖湾”。
“不到长城非好汉”，
我到了长城，
且是长城的发端，
山海关，
——天下第一关！

第一次参加全国性的培训，
与全国各地的同仁同学共餐。
“反映社情民意”，
“迎接信息革命的挑战”。
精心的辅导，
精彩的讲座，
给人启迪，
受益匪浅。
找准了更新观念的感觉，
找到了履行职能的基点。
——强化民主政治建设，
开发人才智力资源！

同名

——2013年7月12日在孝义观中阳楼[1]有感

中阳孝义，山水相依；
你中有我，我中有你。
县名共享，文化同源；
传承文明，中和位育[2]。

①中阳楼，位于山西省孝义市古县城中央大街，属全国重点文物保护单位。据现存碑碣记载，中阳楼始建于汉魏，时值中阳县治于此，故名。

②“中和位育”最先出自《中庸》，是儒家的核心口号，是修养功夫之极致。“中和”是目的，不偏不倚，协调适度；“位育”是手段，各守其分，适应处境。

近二十年来，多次陪友人观瞻柏洼山双柏，主客常为树长石缝，参天而成惊叹。亦曾想为双柏留下溢美之辞，久未如愿。2008年5月10日，陪东北友人至双柏台前，突发灵感，欣然溢美。

咏双柏

石破天惊，
应运而生。
物华天宝，
柏中双雄。

平衡

昔日骑车赶路程，

两轮飞速快如风。

轮若不转车即倒，

脚下生风靠平衡。

述职

建言献策参议①忙，
多交贤达联系广。
解疑释惑访民意，
凝聚人心做桥梁②。

①参议指基层人民政协参政议政。

②此处指地方党组织和政府联系群众的纽带作用。

从当年“耿飚之问”①，看现在“四风”②之盛，深感开展党的群众路线教育实践活动十分必要、十分迫切。搞好这一活动，开好民主生活会是关键环节。即兴吟诗一首，以表老当益壮之志。

洗礼

莫看今岁五十九，遑论明年要退休。
参加民主生活会，剖析问题敢下手。
自我揭短能亮丑，批评同仁辣味有。
路线教育受洗礼，革命精神重抖擞。

①“耿飚之问”说的是 1991 年，老一辈革命家耿飚重返曾经战斗生活过的陇东某县。一天晚饭后，他的住所外突然黑压压来了

一群“告状”的老百姓，群众激动地诉说对一些县乡干部的不满，怎么劝也不肯离去。此情此景让耿飚同志深感痛心，他召集省地县的干部讲了一件往事。五十年前，他任副旅长的129师385旅就驻扎在这里。一次，一个战士严重损害了当地群众的利益，旅部依律决定枪毙他。老百姓知道后也是“黑压压”来了一大群人，说共产党人是好人，哭着跪求饶了这个战士。耿飚反复说明八路军的军纪，可老百姓一个也不起来。最后，耿飚只得流泪接受了群众的请求。讲完故事之后，耿飚激动地大声问道：“现在，我要问问今天在座的你们这些人，不管哪一个，如果犯了事，老百姓还会替你们求情吗?”

②“四风”指形式主义、官僚主义、享乐主义和奢靡之风。

乙丑年三月十二，是母亲九十七岁生日，恰好也是2009年三八妇女节，即第99个国际劳动妇女节：正所谓“今天是个好日子”！生日节日，巧遇一日，献诗以敬。

福寿

上寿九十喜加七，
儿孙五世乐绕膝。
勤劳俭朴持家务，
山乡长寿人称奇。

健康

言说健康最宝贵，
尝过梨子知滋味；
费时花钱受熬煎，
患者遭罪家人累。
真知始自实践来，
保健养生调心态；
营养科学勤锻炼，
身强体健有所为。

染发成风，从制剂到染发成为不可小觑的产业。市场所需，男染为减白，女染为增美，我亦不例外。回头细究，增加消费，皮毛受摧，弊大于利。可忧的不是发白，堪忧的是进取之心日微。古代官吏是年到古稀方悬车①。以史为鉴，我还得做点什么，染发解决不了实质问题。少染为宜，不染为好。

染也无益

岁过半百发渐白，染点色剂遮起来。
上看发乌似年轻，下观腰身显驼背。
光阴荏苒岁月摧，华发常令心生悲。
春去秋来已花甲，业无建树总是愧。

①“悬车”，古人一般至七十岁辞官家居，废车不用。

笑言越活越年轻

莫说今年五十九，
增岁便是六〇后。
再过三十春和秋，
挤进九〇乐悠悠。

关于“署名”，著名科学家钱伟长讲过，知识分子写文章，要在每篇文章下面署自己的名，生怕人家不晓得自己，而工人做工并不在铁具上刻自己的名字，农民收获粮食也不在麻袋上写自己的名字。量体裁衣，咱既划不到知识分子之行，也归不到工农之列。折中一下，作品发表就署个笔名，多少有点讲究。

笔名注

生于乔门，长在郭家；抚育之恩，谨记永远。

小家大国，郭家国家；乐为其子，忠孝双全。

拙作选编，《立言为念》；署名国子，已然两年。

今就新篇，《言志在悦》；笔名依然，意趣连连。

文化传承，热在国学；甘当学子，躬耕文苑。

家国赤子，国故[①]学子；再添新意，奋力向前。

①此处指国学。

进入金秋，先是传统中秋节，继是尊师教师节，再是重九敬老节，节节相随，凝聚着民族传统美德，传承着中华崇善文化，善莫大焉。

乐善

阖家团圆中秋日，
尊师立典①教师节。
重九敬老②夕阳红，
节节相连扬美德。

①1985年，第六届全国人大常委会第九次会议通过了国务院关于建立教师节的议案，会议决定将每年的9月10日定为教师节，1985年9月10日是中国第一个教师节。

②农历的九月九日是我国传统的重阳节，同时也是中国的敬老节。1989年，我国把这一天定为老人节，传统与现代巧妙地结合，成为尊老、敬老、爱老、助老的老年人的节日。

言志随笔·新声

尊仙朝圣敬李杜[1]，
千年诗苑常青树。
尽得风骚觅新声，
言近旨远登高处。

①李杜指唐朝诗仙李白，诗圣杜甫。

言志随笔·妙思

言短意长欲为诗，

得来全然在妙思。

比兴立意巧谋篇，

见景托物言心志。

言志随笔·华章

谋篇成竹巧思量，
天下忧乐胸中藏。
小我之声少吟诵，
大气冲霄多华章。

言志随笔·情长

诗意田园多风光，

鸟语花香绕村庄。

见仁见智乐山水，

天高地阔乡情长。

后记

有缘千里来相会，我与时事出版社虽远隔千里，却缘深情长，两次相会。1995年底，《家政四字歌》在时事出版社出版。1996年2月1日，《光明日报》全文转载了《家政四字歌》，并配发了编者按："两年前，本报曾全文刊登《新三字经》，今天，我们又向读者推荐《家政四字歌》，目的都是提倡用我国人民喜闻乐见的传统启蒙形式，做社会主义精神文明的新文章。"借助《光明日报》的舆论和中央宣传部的政治、社会影响，《家政四字歌》翻过吕梁山，走出娘子关，跻身于全国精神文明教育通俗读物之林，呈"南三北四"之态势，即南有《新三字经》，北有《家政四字歌》。今天，拙作《言志在悦》又得到时事出版社的青睐，甚是感激。虽说大恩不言谢，于我却是要说的，对时事出版社时任副社长、今任社长的王基建同志当年对《家政四字歌》的关心和厚爱，今天对《言志在悦》的关注和支持；对为《言志在悦》辛勤工作的编辑同志，表示诚挚的谢意。

看到诗作付梓，想起了清代诗人、散文家袁枚“但肯寻诗便有诗，灵犀一点是吾师。夕阳芳草寻常事，解用多为绝妙词”的诗论，深有同感。

从《言志在悦》的创作经历来看，有一气呵成的。如写二十四节气的“大雪”时，脑海里全是漫天飞雪，反复闪现的是毛泽东主席的《沁园春·雪》。于是便一咏而就，“千里冰封千里情，万里雪飘万里景。千千万万咏雪词，大气磅礴毛泽东”。也有三番五次推敲的。“清明”，唐朝诗人杜牧的大作脍炙人口，传诵数百年。我再立意创作，可谓蜀道之难。或许是气候变化和环境污染的原因，时下的清明，在北方常常是风卷黄土，难见“清明时节雨纷纷”。多风无雨缺少墒情，农民忧的是如何保墒下种，顾不得借酒浇愁杏花村。从清明忧农这个角度立意，借用关注现实、忧国忧民的诗圣杜甫的盛名，拉大旗作虎皮，顺情达意，将我的“清明”后半首写成了“诗云断魂问牧童，借酒浇愁杏花村。九泉老杜笑小杜，多情还须常忧农”。

从《言志在悦》的创作意境来看，诗短意长，意境高远，咀嚼起来才有味。“咏元旦”的创作，便是这般。“白雪皑皑腊梅红，岁月不觉一元新。天地风霜寒渐近，乾坤气象又临春。”

从《言志在悦》的创作情感来看，动之以情才能发乎于心。在德国斯图加特奔驰汽车博物馆，由囊中羞涩联想到平常人家为柴米油盐所累，便引发感慨“何日莫分贫与富，出入寻常百姓中”。

从自身阅历来看，人生就是一首诗，柴米油盐、琴棋书画、喜怒哀乐别有一番滋味。我是农村生农村长，又长期和农民打交道。二十四节气与农民的农业生产、农村生活紧密相连，“顺四时而适寒暑，和喜怒而安居处”。所以就写了二十四节气放歌。同时，由于喜欢田园生活，也就有了“乡村漫兴”之作。

综上所述，或许就是启功先生所说的，诗是“长”出来的，诗是“嚷”出来的。当然了，在写作技巧上，诗也是“仿”出来的，熟读唐诗三百首，不会作诗也会吟。

以上所述，或许就是当下讲的文化自信，或许就是这种自信在我身上的体现。但在自信之际，我也自知作品在平仄、用韵、对仗方面的不足，谈不上工，论不及韵，同时更比不得专业作家的诗作格调经典、流派正宗。唯愿作品问世之后，得到行家和广大读者的接纳和赐教。

编者

2014 年 8 月